신의 무릎에 앉은 기억이 있다

김미량 시집

신의 무릎에 앉은 기억이 있다

달아실시선
71

달아실

보조 용언과 합성 명사의 띄어쓰기 등 본문의 맞춤법은 시인의 의도에 따른 것임.

시인의 말

몇 번을 멈추고 다시 일어서기를 반복하면서
여기까지 왔다.

어느 날은 검은 비가 내렸고
어느 날은 폭설이었다.

2023년 가을
김미량

차례

신의 무릎에 앉은 기억이 있다

시인의 말 5

1부. 내 몸엔 독성 미량이 함유되었으므로 조심하세요

미량 12
꿈이 흐려서 14
신의 무릎에 앉은 기억이 있다 16
가을장마 19
도망가자는 말을 들었다 20
새를 묻고 꽃을 꺾었습니다 23
던지고 받기 26
드라이빗처럼 28
마침내 낯선 계절이 30
목련이 졌습니다 32
스님, 책임져요 34
스물여덟 개 36
아이스박스 38
잔느의 초상 41

2부. 귀를 막았다 열면 파도가 부르는 즐거운 노래

달마도를 걸다 44

팬티의 힘 46

오래 손잡아주었네 48

두피나라 일기예보 50

초경 53

러스크 54

반말 고쳐드립니다 56

흘림과 홀림 사이 58

가로등 60

돌아온 세계 62

칼, 도마, 그리고 나 64

이상한 광고 66

우리가 먹던 것은 무엇이었을까 68

멸치 말입니까? 70

모래집에 사는 사내 72

3부. 길어지고 길러지는 손톱은 당신인가요 슬픔인가요

쿠키에 물렸다 76
물집 78
레커교도 80
와사비 잼 82
귤의 시간 84
스피커가 하는 일 87
우리의 그곳이 웃기거나 쓱쓰러워도 88
짝꿍 90
비를 의심하는 사람들은 우산을 들고 92
시월 95
악몽 한 근 96
정말 개뿐이었을까 98
너머에는 100
에너자이저 102
하늘 아래 풍경 104
칠월 칠석 106

4부. 우리는 고요에 찔린 뒤 달아나기 위해 늙는다

너라는 두통 108
일요일의 카디건 110
동화에 살고 있다 112
우리는 스파게티를 먹었다 114
케이크 116
호루라기 118
휴일 120
정원을 주목하다 122
미더덕 124
대설 126
저녁과 나란히 128
나는 죽입니다 129
고요 130
다시, 미량 132

해설 _ 불안이라는 질서를 넘어 혁명으로 • 최은묵 133

1부

내 몸엔 독성 미량이 함유되었으므로 조심하세요

미량

어떤 맛일까, 미량은

궁금해요 내 혀는 몸 어디에도 닿지 않으니
꽃밭에 누워 하품하는 나를 맛볼 수 없죠

설렘은 커다란 귀를 쫑긋 세우고
인기척에 놀란 벌떼와는 좀 다른 거겠죠

벌 같은 걸까요
내 몸엔 독성 미량이 함유되었으므로 조심하세요
주의사항은 늘 늦게 읽히죠

미량이어서
이마만 동그랗게 부풀었습니다
미량 보존의 법칙은 이마에도 유효합니까
입술이 누굴 환영하는 것을 본 적이 없어요
방금 누가 내 이름을 불렀습니까
미안, 트림이 나왔어요

하이, 박사님
머릿속이 흐린 날이 너무 많아요
극미량이라면서요
열 숟가락쯤 상상을 추가하면
여우처럼 보일까요

한 숟가락의 상상으로
얼마나 많은 늑대를 길렀는지는 말하지 않은
실험실에서의 하루

미량스럽다,는 말은 그쯤일 거라 생각했다

꿈이 흐려서

램프를 켜놓고 잠이 들었다

어둠 속에서 램프와 눈이 마주친다
우리는 서로 깜짝 놀란다
불을 켜고 마주앉아 먼저 말을 꺼낸다

꿈속은 여름이었고
꿈같은 여름이었고

예쁜 버섯을 따라가다가 길을 잃었다
집으로 돌아오는 길이 축축해서
장화를 버렸는데
두고 온 것은 장화뿐인데

눈이 퉁퉁 부었다 나는 어디를 다녀왔을까

버릴 게 많은데
미처 버리지 못한 것들은
귀가 되고

귀고리가 되어 걸리고
머리핀이 되고
커다란 모자가 되어 나를 장식한다

당신은 겨울에 떠난 사람
당신의 무덤은 당신 것
내게 떠민 미처 지우지 못한 기억까지도

살아서 지켜야 하는 나도
엎드려 울고 있는 무덤이다
곁에 당신이 있다고 치자
손이 나타나 가만히 덮어주는 이불
그래, 가만히 덮고 늙어가는 마음

꾸짖는 당신을 놓친
꿈이 흐려서 비가 내린다

신의 무릎에 앉은 기억이 있다

꽃은 세상에 오기 전
작은 색종이였다

믿기지 않겠지만 저녁이면 신과 함께
형형색색 꽃을 접었다
말없이 동그란 탁자에 마주 앉아
보라색을 좋아하는 나를
맨 처음 제비꽃으로 접어주셨다

열두 살이 되었을 때
나는 신의 무릎에 앉을 수 있었다
(당신은 도저히 믿기지 않는다는 표정이군)
떠나오던 날
신은 분홍색 분꽃을 접어 손바닥에 올려주셨다

어른이 되어
누군가의 손바닥에 분꽃을 올려놓으면
그 사람은 겨울에 죽는단다

신의 부탁으로
사람들에게 꽃을 알리러 세상에 왔다

걸어오는 꽃은 고백처럼 잘 보이고
쓰러진 꽃들은 기도처럼 일어났다
목마른 꽃을 위해 빗소리를 틀어두었다

방향을 잃은 꽃들은 새로운 기억으로 더 붉어지고

어젯밤 꿈에
신의 무릎에 앉아 그날처럼 제비꽃 오백 장을 접었다
아무도 믿지 않는 전생은
믿거나 말거나 다 끝난 이야기

한 손에 술병을 들고
저녁에 잠든 꽃을 찾아갔다
너는 알고 있지?
그때 나는 주황색이었니 보라색이었니
그때 나는 살았니 죽었니

가까이하면 불행해진다는 분꽃을 잊고 살다가
가을에 나를 부르는 꽃이 수상해
당신에게 그 꽃을 따다 주었다
신의 예언처럼 크리스마스에 죽은 사람

꽃과 나와
신의 거리가 분간되지 않는다

가을장마

후둑후둑, 우산 아래서 어울리지 않는 소리끼리 어울리지 않는 내기를 합니다 자박자박, 지루한 이야기는 몰아서, 이야기가 떨어지면 지는 게임입니다 한여름은 미리 얼려둔 한 봉지의 얼음과 다정합니다 각진 소리가 나지요 한 커플이 녹아 한 숟가락의 아이스크림으로 얼룩지는 여름을 지났습니다 끈적끈적한 긴 이야기가 끝나면 기념품으로 받은 우산을 버리고 내기도 잊지요 한 숟가락의 아이스크림과 다정한 커플의 이야기도 버려집니다

도망가자는 말을 들었다

서둘러 떠난 사람은
방금 헤어진 사람과 이별한 것을 모른대
키가 큰 꽃들은
지켜야 할 다급한 약속이 있기 때문이래

저승에서 사람을 흉내 내려고
한 줄로 서서
사계절 웃는

피었다 지면서도 웃었다는 것을 모르는 꽃이었구나

다정하게 무릎 꿇고
환하게 웃는 법을 가르쳐주는 그때가
죽은 사람이 이승에서의 기억을
전부 잃는 순간이래

그때 당신은 나를 지웠을까
웃음은 흰 개처럼 네 다리가 달렸구나

어떤 슬픔은 컹컹 나를 울렸지만

세 번 건네던
그 말은
건강하질 않아서, 가령 설렘은 왜 두렵습니까

도망가자는 말은
뒤쪽에서 한 번에 우리를 포옹하던
산 그림자처럼

다시 한 번 도망가자는 그 말은
기다리던 눈동자가 어두워질 것을 예감한 당신의 겨울처럼

우리의
빠르게 걸어도 너무 늦은 하산

도망가자는 당신을 외면한
그 밤의 가로등 아래를 다시 지난다

한 발 한 발 얼음을 찍으며

눈 쌓이기 전에 우리 남쪽으로 도망가자
기다려도 오지 않을
빙벽의 약속처럼 펑펑 눈이 퍼붓는다

새를 묻고 꽃을 꺾었습니다

어디서나 잘 들키고
한없이 속상하라고
반짝이는 이마를 가졌답니다

오늘은 천변을 뛰어가다
속도를 어기고 날아오는 새와 충돌했어요

이 사건은 거짓 없는 이야기
이마에 새가 부딪쳐 죽는다면
아마도 첫 번째 사례가 되겠죠

새와 나의 미래가 뒤바뀐다면
그 또한 처음, 참으로 난감한 일 아닌가요
만약에 놀라서
구름이 굴러떨어진다면요

바닥에 새를 눕혀요
플라타너스 큰 잎 두 장 겨드랑이에 붙이고
날아보려다 공원 바닥으로 구르는 꿈을 꾸었어요

아이는 신의 무관심에 속하고
어제처럼 오늘도 새의 장례식

지나가는 이 하나 없는 평일
하늘을 보고 누우면
찢어지던 구름의 입술

어떤 휴일처럼 불길한 노을이 번집니다
누군가 여름에 죽었다면 어린 새였을 겁니다

꽃을 꺾고 밖으로 쫓겨나던 그날처럼
나의 하늘을 참견해주세요
여기에 무지개를 보내주세요
큰 나무 아래 새를 묻고 입김을 불어 넣어요
새로운 날 잎사귀라도 삐져나오면
그늘에 꽃이라도 피어준다면

앞머리로 이마를 가린
나는, 한 번은 날기가 가능한 사람입니다

오늘은 새를 묻고
반짝이는 내일은 꽃을 심을 거예요

던지고 받기

씨를 뿌리듯
바닥에 한 손으로 툭 던지며
오늘을 시작한다

공깃돌 다섯 개
눈앞에서 흩어지는 믿음을
받는다

손에서 튕겨 나가던 날이 더 많았던
받아줄까 말까 네 마음

신은 품을 떠난 이들 때문에 고민에 빠졌을까
오늘은
기어이 여름 건너편으로 달아난 아이처럼
던지거나 받는 너였거나 나인 것들

속으로만 외우는 주문처럼
상대가 없으므로 나의 패배로 남겠지

내가 실수로 엎은
밥 한 공기를 다 비우면 칭찬으로
공기놀이를 알려주던 미숙이 언니처럼

우리를 빈손으로 불러 모으는 규칙
게임에 졌다는 것은
벌레처럼 기어 다닌다는 말
작은 가속도가 붙은 공기 아래
다시 모여라

우리 앞에 떨어진
다섯 개의 명랑함
초대받지 못한 손님들처럼 섞여 함께하는
오늘의 작은 돌잔치

오십 넘긴 몇 알의 도토리들이
공기를 풀어놓고 아이처럼 놀았다

드라이빗처럼

수백 개의 돌기가 매달린

내 몸은

당신의 지문으로 작동한다

머리카락 한 단씩 척척 들어 올린다

잘만 다루면 풍성한 웨이브, 아침마다 풍년이다

알람이 울리지 않아도 먼저 웃는 아침

날마다 거울 앞의 당신과 마주한다

내 목소리의 자동 음 소거

당신의 비위를 건드린 적 없다

지치지 않는 나의 수명은 당신의 것

이렇게 저렇게 나를 맘껏 이용해보고 버린다 한들

나는 그저 빗일 뿐

내 몸에는 정수리에서 뽑힌 기억이 엉켜 있다

뜨거운 열기도 소음도 묵묵히 참아내고

당신의 기분을 몇 바퀴 돌린다

풀죽은 한 올 한 올 당신을 일으켜 세우고

서랍에 누워, 나는 고요하다

마침내 낯선 계절이

블라우스 단추를 풀어
품 안에 바람을 들이면
시끄러운 세상은 더 시끄럽게 부푼다

있다와 없다 사이
이승과 저승 사이에 놓인 캄캄한 얼굴로
당신, 넘어지지 말라고

오래 울어 붉은 두 눈
외등처럼 문밖에 걸어두었습니다

빛을 따라 풀숲을 나온
푸른 뱀은 징그러운 뱀이었는데
당신이었을까 나를 들여다보았을까

그날의 뱀처럼
얼마나 오래 걸어야 숲은
독이 되어 심장으로 번지고 무성한 그늘이 되나

천둥처럼 으르렁대며
무덤 옆 침낭에 든 잠

당신이 두고 간 내가
바람의 장례식이 끝나기를 기다린다
누군가 끌고 온 바람이 눈물을 터뜨렸다

지금 여기 없어도
이생에서 내가 만졌던 당신은
말랑말랑한 젤리 같았어
이것 봐 딸기향이 폴폴 나잖아
봐봐, 당신의 향기가 나를 울리잖아

어제의 꿈속처럼, 언제쯤 우리

목련이 졌습니다

바다로 흘러가는
저 많은 아이들 좀 봐

멈추라고 소리친 것 같은데
멀어
손닿지 않은 꿈속의 아이들

눈앞에서 잃어버리는 그 꿈, 내일 밤 이어서 꿀 수 있을까
아이들에게 들키지 않게
먼저 도착해 숨어 있다가
놀라지 않게 말해주고 싶어

꿈속에서라도 아이들을 불러
츄파춥스 사탕 하나씩 손에 쥐여주고
밥 짓다 젖은 손으로 뛰어오는 엄마들을 기다릴 수 있게

어둠 속에서 가장 반짝이는 게
아이들 눈동자라면

어떻게든 어제의 꿈이 아침 기지개를 켤 수 있도록

즐겨 부르던 동요를 오늘 밤 꿈의 뚜껑으로 열어놓았어요
꿈속으로 빨리 들어오게

대기 중인 잠수부를 불러줘요
물속의 아이들을 꺼내야 합니다

물살은 검고 목련 나무 아래처럼 흐리고
나는 움직일 수 없습니다

스님, 책임져요

정말입니까

손끝에서 나오는 빛으로
붉은 비를 만들 운명이라고요
내가?

웨딩드레스를 붉게 물들면
하얀 발목은 놀란 표정처럼 보이겠죠
이 소스라치는 순간 때문에
제가 가해자가 될 거라고요?

채송화 작은 어깨를 지나
작은 절은 마당 한가운데서 졸고

노랑나비를 오후 내내 잠들게 할 수도 있다는 게
정말입니까, 스님

스님이 키우는 분홍 연꽃이
제게 고개를 숙이는, 그런 기적이

순서대로 일어날까요?

손끝에서 나오는 게 꽃이라니까
핏빛이든 흰빛이든 써볼래요

어제의 몸살은 멈출 수 없는 기침에게
꼼짝없이 빼앗긴 문장

오늘의 분위기를 망치러
먹구름을 배낭처럼 메고 우르르 빗방울

누가 거인으로 환생했을까요?
난생처음 듣는 저 우렁찬 울음소리
귀를 막아도 짓쳐드는 저 천 년 전의

오늘에서야 뒤늦게
나에게 도착한 문장입니다

스물여덟 개*

그것을 먹고 칼을 쥔다
그것뿐인 식사를 하고
둘러보면 먼저 반짝이는 칼날이 있다

현기증이 올라오면
그것은 대체로 믿음이 부족하다는 뜻
기분은 나쁘겠지만

커다란 냄비 안을 떠다니는 고기, 정육점에서 도착하지 않은 고기, 해동을 기다리는 고기들

칼을 위한 재료들을 불러놓고
오늘은 날씨가 탐스럽구나
한꺼번에 가자
재빨리 숨이 멎는 부분부터 데쳐볼까
생각했는데

벌써 냄비에 물이 끓고 있다

다
쏟아부으면 우리는 멀어지겠지
식탁 위에서
부엌에서
꿈속까지 따라다니며
노크하는

뜨거운 손을 식욕이라 불렀다

* 사람의 영구치만큼 사랑할 수 있는 상대가 있다.

아이스박스

이곳으로 쇄빙선이 지나갔다

우리는 빠르게 파쇄된 얼음을 싣고
여름에 필요한 날씨를 준비한다

피터 팬이 잘라버린
후크 선장의 한쪽 손을 찾으러 간다

포도주를 마시며
건배의 아름다운 뒤끝을 위하여!
악어를 기다린다 손끝이 닿거나
콧등이 닿으면
얼릴 수는 없어도 열 수는 있을지도 모를
악어로부터 전해 받은 우리의 미래를
위하여

쉿, 가까운 곳
흥얼거리는 노랫소리
박자를 타는 초침 소리 뒤에 숨었다가

악어가 나타났다!

놀라 나뒹구는 갑판 위에 수북한 얼음들 좀 봐
바다에 뛰어들지 않은 놈들은
일제히, 얼음!

빨간 펜으로 밑줄을 긋고
처음으로 정답을 맞힌 아이처럼
악어가 웃는다

아직도 동물도감에서 어슬렁거리는
악어의 기분과
힘을 합쳐 우리는 후크 선장의
잃어버린 손목을 빠르게 회수하고

마지막 페이지를 덮고 이곳을 빠져나가자
살아남은 시계는
어떻게 악어가 되었습니까

우리에게 남겨진
후크 선장의 기록은 오래전에 사라졌으므로
똑딱똑딱, 시계는 거짓말을 하고
얼음 한가득 채워 위장을 한다

여름내 보관할 새 여름을 사랑할 차례

달콤한 슈크림처럼
냉동 꿈속으로 악어가 다녀갔다

잔느의 초상*

불청객인 불이 왔어요, 그날처럼
같은 종류의 불이에요

가스 밸브는 안전하게 잠겨 있어요
잠이 든 남편을 흔들어 깨우는데
또르르 잠옷 단추가 바닥을 구릅니다
카펫에 옮은 불을 맨발로 끄는
남편의 영혼을 실수로 밟고 말았어요

엎질러진 분유통을 굴리는 고양이
처음으로 엄마를 부르며 울어요
식탁에서 플라스틱 젖병이 녹고 있어요
내 입이 돌아가더니 주르륵 껍질이 벗겨져요
살이 타들어갑니다

밀랍 인형으로 살았던 전생의 필름이 지나갑니다

새로 맞춘 황금색 커튼을 비집고
아침이 밀려와요

새카맣게 타버린 토스트 입에 물고
소방차를 기다려요
포대기에 새끼 고양이를 업고 불 구경꾼 뒤에 서 있는

내가 유령이라니요

검은 바람이 달려와 눈꺼풀을 덮으며
어디론가 나를 데려갔어요

* 모딜리아니의 그림.

2부

귀를 막았다 열면 파도가 부르는 즐거운 노래

달마도를 걸다

남편이 병원에 입원했다

나는 산적 같은 사내를 데리고 왔으며
결혼사진이 있던 자리에
사내의 거처를 마련했다

덥수룩한 수염을
손바닥으로 쓸어내리는 사내와
속옷을 갈아입다 눈이 마주치곤 했다
사내의 눈을 피해 벽 쪽으로
몸 끌어다 세우고 고개 들면

커다란 눈 부릅뜨고 다가오는 사내

몸 위에 걸친 화선지 한 장
붓 한 자루 지나가며
길게 한 획 휘갈겨 쓴 유혹의 손길

바닥을 뒹굴 때마다

덩 덕 쿵덕 덩 덕 쿵덕 몸속 어디선가 들려오는 장구 소리

사내와
나의 거리는 점점 가까워지고
우리는 절대 안방을 벗어나지 못하리라

그때 방문을 열고 깁스를 한 남편이 들어왔다
기울어진 액자 안
사내의 오른쪽 귀고리가 흔들린다

달마도를 본다
오랜 잠을 자는 척, 사내는
남편을 째려보기도 할 것이다

팬티의 힘

잠잘 때
남자의 트렁크 팬티를 입어요

세상의 모든 깃발을 다 걸 것 같았던
팬티의 주인으로부터
나부끼며 나는

사람들을 응원하는 세상을 상상합니다
새 애인이 생기면 깜짝 놀라
내 팬티를 야단칠지 모르지만
어쩌면 팬티 때문에 망설이지 않고
새 애인을 버리게 될지도 몰라요

여러 장의 사각팬티로 사계절을 견뎌볼까
사각지대에서라면
위험한 사고는 빗나갈 거야

꽃이 바람에 휘어집니다
트렁크 팬티를 몰라서 꽃은 믿음보다

일찍 지는 걸지도 몰라요

팬티를 입어본 적 없는 꽃들이
몸 둘 바를 모르는 꽃들이
눈앞에서 나체로 활짝 피었습니다
숨을 곳을 찾다가
빨리 들킨 얼굴부터 칸나 장미 달리아
붉어지는 순간 꽃으로 핍니다

꽃이 팬티를 모르기 때문에
사람들은 꽃을 예뻐하는지도 모르죠

밤마다 갈아입는 트렁크 팬티
헐렁한 팬티의 힘을 믿으면
악몽이 새어나가고

팬티를 걸치고 장화 신은 예쁜 나의 우산을
어둠 속 문밖에 꽂아놓았습니다, 꽃처럼

오래 손잡아주었네

울음을 터뜨린다

멍, 그 분명하고 시퍼런 한 글자가

아무래도 내가 진 것 같아
우리 사이를 한 장씩 떼어내며 밖으로 나온 말

온갖 다정했던 말들은 간 곳 없고
이른 아침부터 점심까지
귀를 떼어내고 잠이 든 예민한 사람처럼

쿵, 쿵,
온몸을 밟히고도 살아 있는
아래층의 사계절
비눗방울로 욕실이 가득 차오르고 있었다

아름다운 베란다 뷰를 자랑하는 사람의
몸에 밴 멍 자국을 보았다

오래 아픈 사람의 손엔
작은 대저 토마토 하나 쥐여 있다
병실이 아니라면 어디로든 가려고
조용히 때를 기다리는 환자처럼

어느 날 무릎에 얼굴을 부딪치고
멍은 벌떡 일어나 바깥으로 뛰쳐나가겠지
어떤 빛깔로 나갈까
그 많은 색을 뒤적이며 고민했겠지

한눈에 알아보았지
겁먹은 새파란 얼굴로 너는 말이 없고

얼굴 왼쪽의 얼룩
울면 들키는,

두피나라 일기예보

먼저 구름을 보시겠습니다
여전히 지루성 피부 구름이 북상 중입니다
허리 잘린 나무들이 오랜 염증으로 누워 있는 곳
두피나무가 푸석푸석한 머리 흔들면
한 차례 싸락눈이 내릴 예정입니다
세라스톤 연고로도 녹지 않는
끈질긴 집착이 덤으로 내립니다
외출 시 우산을 준비하세요

더는 방치할 수 없는 눈들이 쌓여
눈사태가 발효 중입니다
눈 다발 지역 상처는 잠시 대피 바랍니다
눈덩이처럼 불어난
두피 아랫마을은 심각한 상황입니다
손가락이라 불리는
건달 다섯 명이 몰려다니며
제집인 양 집마다
빨간딱지를 붙이고 다닙니다
가려움 심해지는

봄이 오기 전에 그들을 수배 중입니다
오후 3시 헬기를 투입해
두피 지방 스케일링 실시합니다
폭풍 같은 한 시간
얌전히 견뎌내시길 바랍니다
바람이 지나가는 시간은 3시 40분입니다
박하사탕을 빨던
바람의 혓바닥을 핥고 지날 때
아으, 알싸한 쾌감에 두 눈 감으셔도 좋겠습니다
앞으로 미스터 브러시군
두피 지역 단독 방문합니다
부드러운 손길이 찰랑찰랑 가로수 흔들면
사람들 웃음소리는
잠에 술렁일 것으로 보입니다
오후에 적은 양의 비 소식 있습니다
우울했던 마음은 마른 수건으로 달래주시고
외출 시 검은 재킷의 유혹에 빠져주세요
우산은 접고
사소한 고민은 주저 없이 챙겨

툭 툭 털어버리시길 당부드립니다

초경

작은 몸 낮게
오랜 시간
웅크린 아이

손발은 고요한데
파르르 떨리는 시간이 귀를 연다

가쁘게 몸의 숨 열리듯
조금씩 붉게 터져 나오는 울음

십삼 년을 준비해온 속엣말

더는 눌러둘 수 없어
몸에서 솟구치는 몸의 혁명이 시작된다

러스크

잘라낸
식빵 테두리를 살려야 한다고
오전의 주방으로 뛰어든 사람

버릴 것도 아닌데
버려지리라는 앞서가는 마음의 테두리처럼

문 여는 소리에 놀라
빵 터져버린
비닐봉지를 뜯던 배고픔처럼

테두리가 전부인 우리를 나란히 펼쳐놓고
고민에 빠졌던 그날

훌짝은 게임이잖아
네가 이기고 내가 지거나
그 반대이거나 우리는 말다툼에 집중하지
훌쩍은 습기 가득한 습관인지
식빵의 슬픔인지

부드러울 때 먹어야 한다는 거
사랑도 식탐도 시효가 있다는 거

오후의 간식을 위해
바삭한 에어프라이어 온도를 예열한다
시나몬 가루 톡톡 뿌린다

우리는 거절하기 힘든 버터 향을 맡았을 거야
화해의 세계로 뛰어들어
마주 보고 쿵, 쿵,

반말 고쳐드립니다

안녕? 사장님,

당신 긴 혀 날름 끊어먹은 꽃뱀은 어디 있나요
캐비닛에 한 달째 보류 중인 토막말도
이제 그만 폐기하시죠

아랫배가 불룩한 당신의
거친 말들은 영양실조에 걸렸어요
도마뱀을 사랑하신다고요
밤마다 잘라먹을 꼬리가 많아서요?
그 입 좀 다물어요
비린내가 폴폴 나요

퇴근길에 당신을 만났죠, 엘리베이터 안

문이 열리고
시침질하듯 치마 뒷자락을 들치는
당신의 반말, 됐고요 오늘 밤 꿈속으로 놀러 오세요

내 꿈은 병원 당신은 나의 환자
윙크 한 방이면 전신 마취 문제없어요

걱정 말아요 배의 지퍼를 열면
엊그제 회식 때 먹은 흑염소 울음
똬리를 틀었던 꽃뱀은 스르륵 도망가고요
불쌍한 도마뱀 꼬리도 있군요

푹 꺼진 뱃속에
장례식장에서 망자를 배웅하던 흰 국화를
잔뜩 쟁여놓았어요
마취가 풀리고
혹, 향기로운 존댓말이 입속에서 빠져나와도
놀라거나 반항하지 말아요

저승의 말은 극존칭이에요
재조립한 당신이 마음에 드나요

흘림과 홀림 사이

반으로 나누던 빵을 떨어뜨렸다

바닥에 뒹구는 당신의 심장
깜박 빵과 함께 나동그라진 하오의 약속

이어폰에서 느리게, 흘러나오는 호수
눈물 나 눈물이 나
눈물 나 눈물도 안 나와*

어떡해
풀썩 주저앉아
당돌한 빵의 이탈에 대하여 생각한다
불친절한 바닥을 비웃는다
양손이 잡고 있던 것은 불안뿐이었을까

배가 고픈 것은 배의 감정
나무계단 위에 쪼그려 앉아 잠이 든
엄마를 기다리는 미운 오리 새끼처럼
계단을 굴러떨어진 감정이 흠씬 젖은 채 잠이 드는 것

오리와 나 사이에 허기가 있다
빵 하나에 까칠해져서
물갈퀴처럼 바둥거린다
흙 묻은 속살이 오들오들 떨고 있다
콩팥과 흘림, 빵 속의 단팥과 홀림
내 안의 낮과 밤 사이

오늘은 빵이 나를
호수 저편의 죽은 당신이
흰 우유를 흔들며 나를 울렸다

* 가수 정엽의 〈눈물이 나〉 중에서.

가로등

우리가 촛불을 들고 걸어갔을 때

아무런 신호도 없었다
땅이 일어나 쥐고 있는 가로등은
오래 서 있는 거대한 촛불

밤새 꺼지지 않고
착한 사람이 다 지나갈 때까지
바람에 맞서는 모습을 보았다

촛불은 모두 가로등이 낳은 아기였구나
촛불이 꺼지면 가로등 앞으로 모두 모여라
아장아장 걸어오는 다른 이름들
1초 2초 3초 4초
어미가 있는 곳에 옹기종기 모인
우리는 가까이에서 보지 못했지만
촛불이 바람에 맞서지 않는 것은
까르르 웃음을 멈추고
잠이 들 시간이라는 것을

알고 있기 때문이다

늦은 밤 택시에서 내린 여자
짐승처럼 기어 가로등을 잡고 서 있다
들썩이다 꺼뜨린 빛 하나를
담장 위에서
고양이가 본다

한 손으로 입을 막고 여자가 운다
울어도 꺼지지 않는
불어서 꺼트릴 수 없는 노래

우리는 가로등이라 불렀다

돌아온 세계

감희感喜라고 할래
감히,
혼자 지나온 사막도 꽃밭이라고 부를래

긴 장마를 뚫고
씩씩하게 걸어온 레인부츠처럼 살 테야

오디는 죽어도 먹지 않을 거야
우는 입술이 되기는 싫거든

거울 보며 웃고
거울 보며 웃는 내가 웃길 때
어깨를 으쓱거리면
소문 따윈 금세 소문만복래笑門萬福來가 될 테니

미친 듯 웃으며 거울을 깨면
수천의 웃는 내가 될 테니

얼룩 치마를 즐겨 입고

달려가 볼까 앞에 가는
거북아 거북아 웃지 않으면 너를 구워 먹겠다

눈을 감았다 뜨면 바다에 닿고
귀를 막았다 열면 파도가 부르는 즐거운 노래

아직도 모르겠니?
긴 장마를 뚫고 뜬 무지개를 잡아
귀고리로 걸 거라니까

감히
쓸데없어진
눈물샘엔 금붕어나 기르고 말이야

칼, 도마, 그리고 나

내 몸 위로 날 선 칼이 다녀갔다

가슴을 억누르는 번뜩임
작은 상처를 내고
내 몸 위에서 난도질되다가
토막으로라도 달아나던 것들의 한숨 소리
세워져 온몸의 물기가 마르는
그때서야 들린다

여자도 도마 위에 오르고 싶었을까
서툰 듯이, 실수처럼
손가락을 밀어 넣고는 했지
주저앉아 엉엉 울 때도 있었지

모두가
조금씩 여기에서
달아나고 싶을 때가 있는 것 같다
여자는 오늘 빈 내 몸을 난도질 친다
뭉툭하게 칼날로 밀어 넣는 이름들

또렷하게 발음할까 봐
혀끝을 가장 먼저 밀어 넣었을지도 모를

나를 지나
뭉텅뭉텅 떨어져 나간다
모든 분노는 날개를 달고 가벼워지고 간다

이상한 광고

울음과 웃음 사이 치마가 있다
책을 엎어놓고 머리를 두드리며 기도한다
있다와 없다 사이에
방이 있다

벽 너머를 꿈꾸는
불덩이 같은 이마
느닷없는 요의尿意, 태양을 가리면 밤이 올 텐데

고민과 과민 사이에서
바보들처럼
바람이 바람인 것처럼
진짜와 가짜를 무엇으로 구분할 수 있지?
이의를 제기하는 사람이 나타나도
삶은 묵비권을 가진 당신의 편이다

한 장 속옷과 환장 사이에 감쪽같은
발설과 발기 사이에

광고판이 켜 있다
남자가 머리를 들이밀며
천천히 치마 속으로 돌진한다
합체한 밤을 벗어두고 잠이 들어
까만 머리카락의 아이 꿈을 꾼다

밤마다 거울을 가지고 논다
1인 가구가 늘어나도
거울과 함께라면 2인 가구가 된다

오늘도 사거리 전광판에 걸린
광고를 모아
결혼을 하고 아이를 낳는다

자기야, 부르다가 헛구역질도 가끔

우리가 먹던 것은 무엇이었을까

토막 난 개불이
꿈틀거린다, 젓가락을 타고
입에 닿는 순간 오므라들며 꿈틀거린다

우리는 토막을 친 바다에 둘러앉아
부지런히 고통을 덜어주는 의식을 치른다
초장을 듬뿍 찍어 비명을 지운다
젓가락으로 들어 올리는 날것의 붉음
매끄럽게 내가 통과하는
쫄깃한 주검의 맛

한때 깊고 어두운 길을 통과하며
오랫동안 습기를 따라 돌아다녔다, 나는
태양 앞으로 불려가는
단 한 번의 기회도 얻지 못한 채
축축한 그늘에 몸을 맡겼다

붉은, 그대로 상처 하나인 상처가
또 다른 상처를 향해 문을 연다

빈 접시에
누군가가 씹다가 뱉어낸 개불

하마터면 내 이름을 부를 뻔했던!

멸치 말입니까?

참혹하지만

바다 속이라고 친다면
뒤죽박죽 엉킨 머리와 똥으로 가득한 사람이 발견된 셈

비린내를 열어본다는 것
은빛 지갑을 발견한 것 같겠지

굳어버린 등을 쓰다듬으면
마음을 쉽게 여는 패턴이 있다

무엇에 쓸까 물고기들은 고민하지 않으므로 통과
그렇다면 우리에게 발견된 멸치는

식탁에 한 가족이 둘러앉은 애도의 시간이 주어지지
눈물은 없지만 국물이 가득한,

결론,
멸치는 잡혀오고

사람은 쓸려간다

모래집에 사는 사내

달동네 포장마차
지친 사내가 호일 위에 올려놓은
올망졸망한 집들
몸을 비틀고 있다

재개발 광풍이 불 때마다
집은 한 무더기씩 꿈틀 어디론가 돌아눕는다
풍채 좋은 양복들이 팔을 뻗을 때마다
집 한 채 입으로 사라진다
둘 셋 넷 집들이 무너진다 통째로 마을이

낮의 사내는
반나절이나 천장에 엎드린 설비공
사다리를 내려오면
어둠에 이어진 길이 달동네로 이어진다

무너진 집들을 지나 스무 계단을 더 오르면
집 나간 여자의 웃음소리가
웃풍으로 여전히 들리는

모래집 한 채

사내가 얹혀사는 세상 쪽으로
매일 귀퉁이가 쓸려나간다

3부

길어지고 길러지는 손톱은 당신인가요 슬픔인가요

쿠키에 물렸다

쿠키와 나의 불행은 진열 이후에 생긴 일

여보, 하고 갓 구운 쿠키를 불렀을 때

쿠키는 내 입을 막았다

주먹만 한 쿠키가

장갑을 낀 제빵사의 의사와는 무관하게

쿠키에 물렸다

이빨 자국이 난 나의 불행이 짖는다

불행은 바구니가 없고 비구니가 기르는 개가 아니고

새로 만난 애인은 모자가 없다

키가 작은 나폴레옹이

말 위에 앉아 군중의 환호를 받을 때

팔이 짧아서 모자를 벗지 못했지만

승리는 그의 것

나의 쿠키는 나폴레옹을 알지 못한다

불행이라는 쿠키를 혼자 먹는다

쿠키는 쓰거나 다 타버렸거나

팔이 짧은 나를 알아보지 못하거나

물집

여름에 도착한 사람 이야기입니다

뜨거운 세계

숨을 곳이 필요한

따가운 시선을 피해

건축 설계에 없는 그늘을 준비하는 동안

빠르게 부풀려 완성한 집

소문처럼 비웃는 집

얼음처럼 서늘한 말

그늘을 빌려 쓴 이해할 수 없는 사람 이야깁니다

그이가 창문을 깨고 나가면

소독이 필요한 집

걸어가는 눈물과 떨어지는 빗물뿐인

나를

견디는 당신의 이야깁니다

레커교도

그의 귀는 언제나 열려 있다
라디오 소리와 무전음이 각각 귀 하나를 나눠 쓴다
입술 부딪치는 간드러진 소리가
그에게선 시답잖은 소음으로 분류된다
큰 것을 노리며 길목을 지킨다 어슬렁거린다
쾅, 한낮의 정적을 깨는 고음의 멜로디
문창동 사거리에서 사고가 터졌다
레커차를 끌고 사내가 달린다
중앙선을 넘은 바퀴가 사내를 반긴다
일분일초가 그를 먹여 살리므로,
사고는 김이 오르는 밥 따끈따끈한 양식
판암공업사에 손님들이 몰려든다
금이 간 꽃병 안에서 포도주가 새고
차 주인이 울상을 짓는다
초대받은 손님에 대한 예의를 갖추려고
웃음을 뺀 진지한 얼굴이 된다
털썩, 내려앉은 그녀의 불안을 힘껏 들어 올릴 때
어디선가 지폐 냄새가 난다
잠시 접어놓았던 사거리를 펼치고

사냥감을 찾으러 자리를 뜬다

공업사 제단은 많은 제물이 필요하지
사내의 신임을 얻은
예민한 귀는 피 냄새도 맡는다

백미러 속으로 달려드는 속도를 찬양하라
예기치 못한 한 방의 펀치는
응급실 침대로 바뀌고
사랑은 쉬 깨져버리는 유리이므로
레커교를 믿으라

그가 사거리 모퉁이 교회에서 귀를 세운다

와사비 갬

흐림과 갬 사이에서

망설이지 않고 숟가락을 돌린다

오후 하늘에서 연두비가 내렸다

오늘의 요리사는 눈물을 참는 요리를 한다

나무의 매미가 뒤늦게 울었다

소바의 계절에

어울리는 울음소리로

여름은 맴 맴에서 매앰 맴까지

여름의 기분은 망설임에서 연두 지나 녹색까지

재즈 음악이 취해 걷는 가게 안

울지 않은 진짜 손님이 들어오기 전까진

눈물 눈물 와사비 갬

그다음은 와사비 맴맴, 재즈까지도

귤의 시간

장갑을 든 사람이 따라온다

귤을 보면 같이 까먹을 사람이 필요한 것처럼

탁자 위에 놓인 귤 상자

일찍 꺼내 먹은 뭐든 너무 셔
눈살을 찌푸리는 나는
눈사람의 삐뚤어진 눈썹처럼 보인대

우리는 겨울인 줄 모르고 여기 태어난 사람들
다시 귤을 깐다
일주일 지난 귤은 달고

까먹으면서도 처음에 시었다는 것을 까먹지
단맛의 능글능글함
발랑 까진 사람처럼 귤은
떼굴떼굴 구르면서도 눈을 흘길 수 있지

오늘 온도는 주황까지 크게 오를 거야
팡팡 과즙이 터질 차례구나
준비된 사람처럼 준비된 귤은
아껴 먹는 오후에 굴러가 멈춰 있다

주황의 속도로
이 겨울을 그냥 지나쳐 갈 것 같다
멈출 수 없는 주황의 맛을 지나
우리는 쌀쌀맞은 눈빛으로 얼어붙는데

다시 처음으로 돌아가서
귤의 분위기가 바뀌면
상자를 열어야 할지 손뼉을 쳐야 할지 망설이겠지만

궁금한 이야기는 껍질을 벗겨야 읽을 수 있다

설정해놓았다는 듯이
아낌없이 지금은
너에게 다 까발려도 부끄럽지 않을

속사정이 탱글탱글하다

스피커가 하는 일

벌써 왔니

문손잡이를 돌리면
안에 있던 사람들 우르르 쏟아진다

스피커는 일찍 도착한 아이들에게
돌려받은 커다란 꿈을 나누는 장치

오늘은 밖으로 나가지 못한 휠체어가 없다

하늘에서
서둘러 무지개를 접어버리는
오후는 매진

우리의 그곳이 웃기거나 쑥스러워도

간절한 것은 높은 곳에 있다
이 말은 가끔씩 틀린 말

환하고 눈부신 앞을 향해 나아가다
향기가 사라지는 곳에 멈췄을 때

마침 우리는 뒤를 볼 타이밍을 맞는다

눈으로 볼 수 없어
손으로 더듬거리며 찾는
똥꼬가 그 뒤에 있다

오래 앉아 표정을 일그러뜨리면서도
똥꼬야, 말만으로 웃는 아이들

신비로운 어감은 아닌데
꼬였던 일도 술술 풀릴 것 같은 말

똥꼬가 움직이는 것을 신호로

온몸으로 힘을 보태
똥에 안부를 묻는 사람들

우리의 그곳이 웃기거나 쑥스럽거나 해도

똥꼬가 감당하는 속은
결코 속임수일 수 없으므로

아기들처럼 변기에 앉아 잼잼이라고 말하면
똥꼬를 향한 믿음이 생길 거야

쥐였다 놨다
캐스터네츠 악기를 연주하는 소년으로 자랄 거야

짝꿍

당신은 신선이고
나는 생선이라고 했다

오랜만에 밖으로 나왔는데
나는 왜 화가 났습니까
낚싯줄에 걸린 생선을 들어 올리듯
내가 찡그리면 상한 생선이라 하고
당신이 웃는 동안
미간을 찌푸린 나는
몸에서 비린내가 진동하는 것 같은데

뜻밖에 바다
큰 생선을 잡은 것 같은데, 당신
어떤가요
이번 생은 상한 생선으로
일생의 허기를 달래보실래요?

먼 훗날 가시만 남겠지만
우리에게 가시로 남을

바다에서 식탁까지, 나를 생선이라 할 때
당신도 거기 머물러야 할 텐데

그래서 우리

비를 의심하는 사람은 우산을 들고

신호가 왔다
플라스틱 목욕 바구니를 책꽂이에 꽂아놓는다

좋은 꿈 꾸렴
몽니쟁이 파란색 바구니야
굽 낮은 신발과 숨겨둔 뭉툭한 날개를 보여줄게

침대에서 깬 베개 같은 꿈을
식탁으로 옮겨다 놓으면
젓가락처럼 걸어 오후 출근을 시작하려나

꿈쩍도 하지 않는 꿈을 깨우려고
호주머니에서
은색 호루라기를 꺼낸다

자꾸 그러면 다 불어버린다?

반짝이는 사람들은 일찍 귀가하고
덜 반짝이는 사람들은

집이 더 멀어서 밤을 생선 배 가르듯 돌아온다

비를 의심하는 사람들이
고작 준비할 수 있는 게 우산뿐이라는 문장

접었다 폈다 하면서
나는 미래에 없는 사람들을 측은해한다

거리에 수북한 비의 비린내
사이렌 소리가 뒤따라간다
번개가 친다는 것은
열리지 않는 대문을 술김에 걷어차는 신호 같은 거
제발 도망가라는 제안 같은 거

죽은 사람에게
보름치의 심장을 줄 수 있다면
우리는 번개 속에서라도 만나야 할 사람들

똑똑, 문 좀 열어봐요

비는 우산 든 사람들을
어디로 데려가려고 개울을 부풀렸을까

시월

밤의 지퍼를 열고 산에서 내려온

오래전 약속
그런 거짓말이 내겐 있었다

무덤은 칼집을 낸 밤 같아서
생각만으로 군불 속에서 익고

팡, 터지는 무덤에서 튕겨져
잘 익었는지 내 흉터를 보겠다던 사람

을 뿌리친다
생각보다, 나는
잘 익은 가을처럼 언덕을 구른다

악몽 한 근

하얀 셔츠로 낯을 가리고
큐빅 핀으로 마음 빗장을 채운 밤
나는 물들지 않을 겁니다

그러나 도마 위 숭숭 잘려나가는
우울한 기억 한 점
좌충우돌 바늘을 세우는 당신의 혓바닥 한 점
나날이 늘어가는 바람의 이간질 한 점

돌돌 말아
적당히 흘린 눈물에
효력 잃은 부적을 넣으면
소스 맛은 마음먹기에 달려서
새콤한 후회도 다디단 희망으로 미각을 조종합니다

하얀 셔츠는 얼룩을 인정하지 않아요
꼭꼭 리듬을 씹으며 흘리지 말고
당신도 통과해보세요
기막힌 안성맞춤의 감정 조절

후식으로 비를 부릅니다
구질구질한 비는 내 심장이 탐나는지
언제나 볼륨을 높이고 주문을 외워
혈압을 간섭하려 들어요

저울조차 거부해 값을 매길 수 없는
나는 근수 미달
이제 그만 어두운 터널에서 나를 뱉어버려요
맑은 피 수혈하러
동굴 밖으로 걸어 나갈 시간
누가 이 흰 셔츠 좀 벗겨줄 수 없나요?

정말 개뿐이었을까

어린 개와
힘이 센 오렌지가 있지

30분 넘게
윗집 개가 짖는 새벽 한 시

나는 둥글고 각각의 방마다 노란 물감이 가득한데
읽던 책에 온통 개뿐이다
나쁜 개는 나쁜 문장을 물어온다

사랑이라곤 하나도 없이 하는 말은 '짖다'

미치도록 사람을 집중하게 만드는
너를 뭐라고 부를까
개? 오렌지?
너무나 둥근 개 같은 오렌지

심장을 건드리고 분위기를 찢어버리는
오렌지 같은 개가 위층엔 있다

너는 지나치게 명랑한 젊은 개라서
위대하지 않은 사람을 철학자로 만드는구나

어린 개에게 패배하고
나는 밤을 빼앗긴 사람이 된다
이런 것을 철학이라고 해보자

너는 거기 있고
나는 여기
검은 리모컨 속엔 방송국이 수백 곳

개가 등장하는 방송에는
설탕 공장을 지날 때
웃는 개를 오렌지가 데리고 간다

너머에는

까치발로도 훔쳐볼 수 없는
담장 너머에
당신을 기억하는 커다란 거울이 걸려 있다

내가 보이는, 나는 볼 수 없는
거울이 앓고 있는 우울은
내 몫의 염려가 아니어서

잔인하게 말하면
담장 너머는 저승으로 가는 저녁

눈이 부시다고 투덜대지 말고
그만 돌아가라는 당신 목소리가 들렸다

창백한 말들이 발목을 붙잡는 동안
내 기억의 일부를 차단한
담장은
한 사람이 길게 써놓은 마지막 답장처럼 남아 있다

저 너머로 사라진 사람
뛰어가다 놓친 그 저녁의
저린
발

에너자이저

바닥에 깔린 스티로폼 위로
새참이 흩어져 있다

젖은 머릿수건 깔고 앉은 늙은 여자들
곰보빵 한 입
마른 목구멍 속으로 밀어 넣는다
공사판에서 이골이 난 여자들
고층까지 퍼 나른 벽돌을 보다가 먼 데 뜬구름을 보다가 한다

잡히지 않는 것들의 무게만으로
바닥에 지지대를 꽂아도 흔들리는 생

소음이 들끓는 몸
진이 다 빠져나간 뼈들이 아파트로 쌓인다
흔들리는 사다리를 타고 오르는
철근 가닥처럼 억센 팔자들

멘소래담 효과는 오래가지 않고

공사장 타워크레인 아래
오늘은 시끄러운 먼지만 풀썩거린다

코앞 빌라에 써 붙여진 '공사 결사반대'
붉은 현수막이 한없이 작아져가는
고층 아파트는 날마다 한 층씩 자란다

늙은 여자들은
힘이 세다

하늘 아래 풍경

행렬이 지나간다

거리를 참견하지 마세요

유통기한을 모르는

약 봉투를 든 사람들이 얼음처럼 서서

하늘을 올려다본다

부작용은 없습니까

사람들 입술이 덜 익은 토마토 같다

젊은 좀비 연인이 팔짱을 끼고 지나간다

팔을 물린 남자의 입이 벌어진다

약사는 두 시에 잠들어 여기엔 없다

냉장과 냉정이 털 코트를 다툰다

실온과 실언의 문밖에

눈사람이 서 있다

칠월 칠석

걸어서 당도한 길, 정류장에 나를 그려 넣은 액자가 걸려 있어요 풍경에서 떨어진 몇 개 문장들, 쉿, 당신은 알아챘나요? 머뭇거리는 저녁의 눈빛, 비가 내리고 어제 들인 염색이 짙어졌어요 내일 불 바람 맞으러 북적대다가 새로운 풍경이 태어나는 시점으로 비닐우산 들고 마중을 나가요 당신이라는 칠월을 생각하며 균형을 잃지만, 느릿느릿 젖어드는 비의 날개를 맨 처음 목격한 사람을 위해 나는 정류장에 놓인 의자가 됩니다 길어지고 길러지는 손톱은 당신인가요 슬픔인가요 칠월의 마지막 정류장에 당신 빼고 다 내렸습니다만

4부

우리는 고요에 찔린 뒤 달아나기 위해 늙는다

너라는 두통

신경 쓰이는 사람이 생겼다
멀리 있는, 그가 열어놓은 창문으로
비가 들이칠 때

벵갈고무나무 잎 하나둘
떨어진다, 신경의 바깥에서
그의 여름을 위해 골지 민소매를 검색하는 시간

태생이 바다와 멀어서
바닷가를 견디는 일이
잠시 대야에 머리를 헹구는 일 같을까
마음의 바깥을 다치면
외과로 가야 할지 외곽으로 바람을 쐴지 망설이다 병을
키우듯

당신이란 이름을 빠져나가려고
온몸이 흔들리는 몸살

누가 장마를 지휘하는 대장입니까

언제 터질지 모르는 물 폭탄처럼

구름을 피해
수박을 쪼개는 사람들, 그늘을 훔치는 사람들로 뒤엉킨
여름의 기분을 생각하며

이쯤에서 우리 협상할까
가위바위보
오래 눌러앉히려 둥글고 푸짐한 깔판의 마음처럼

내가 먼저 꺼낸 가위 앞에서
그가 먼저 앞머리를 싹둑 자르고 만다
견딜 만한 곳이야
너는

일요일의 카디건

어느 봄 월요일에

혼자 열린 음악회를 봅니다

찾아오겠다던 당신의 거짓말이 추워서

외투를 껴입었어요

어제 온도에 걸음을 멈춘 어제의 보풀과

혼자뿐인 사람들의 반가운 택배처럼

금세 쓸쓸해 옷깃을 여미는 일요일

이상한 카디건을 어깨에 두른 저 지휘자를 알아요

구름의 숨겨둔 애인은 몸살을 앓는지

흐린 날의 징후를 그가 알았을까요

한 명의 쓰러진 관객을 위해

공연을 중단한 적이 있습니다

어느 행성에 상점이 열린다 해도

저 카디건을 살 수 있다면, 하고 생각하죠

어디라도 와줄 것 같았던 한 사람이 잠적했고

한 장의 카디건이 남았어요

열린 음악회인데 창문을 다 닫고 봅니다

동화에 살고 있다

거울은 겨울의 얼굴
거울을 깨트려야 봄이 올 거야

마법이 녹는다
개울이 풀린다, 거울은
한참 들여다보면

나무의 머리카락이 자란다 귀가 생긴다

허벅지가 점점 굵어진 나무가
바지를 갈아입을 때
나는 미처 올리지 못한 지퍼를 채워주고
모르는 척 다시 거울을 보았다

왕관을 쓴 나무는
마흔여덟 번째 생일날 나를 공주님이라고 불렀다

봄은 무릎을 꿇고
착각처럼 환청처럼 오고 나무를 빙빙 돌고

그 나무 아래 개울이 있었다
겨울이 오고
거울을 들여다보는 환청이 있었다

우리는 스파게티를 먹었다

세탁기 안에서 토끼를 꺼낸다
벗겨지지 않는 젖은 옷을 입고
사람처럼 토끼는 우는 척한다

두 귀를 걸치고
간을 말린다
옷을 말린다

너의 말은 믿을 수 없어
주머니에 손을 넣고 건들거린다
깡총
  총각
    각시
      시비
        비밀

끝말잇기는 시시해지고
건조대 위의 토끼는
가벼운 오후가 된다

눈알이 빨개진 토끼야 아직도 거짓말을 하는 거니
파란색 렌즈로 바꿔줄까

토끼야 토끼야 아카시꽃을 아가씨라 부르는
의문의 숲으로 돌아갈 때
젤리슈즈를 신고 폴짝폴짝 뒤를 따라갈까
먼 사람은 더 멀어지는 계절

지나온 안과 지나갈 바깥에서
물이 끓는다
이제 그만 내려와서 스파게티 먹자
토마토소스는 뭉개진 눈알처럼 붉고
입속에서 살점이 씹힌다
눈먼 토끼를 의자에 앉힌다
포크를 들고 바람난 눈먼 애인처럼
둘둘 말아 먹어 치우자

토끼 너 요놈, 두고 보자

케이크

아는 표정을 숨기고

팔 다리를 몸속으로 깊숙이 집어넣었는데도

머리에 붙은 불이 뜨거웠다

두통이 온다

안 보이던 두 팔을 쓰윽 꺼내어

이마를 만져본다, 어머 열이 나나 봐

파티를 망칠 수 없으니까

열이 식을 때까지 꼼짝없이 앉아 있다가

몸속으로 칼이 들어오기 전에

먼저 기절할 것 같아

발가락을 꼬집고 또 꼬집고

그래도 안 되니까

나는 지금 죽은 거나 마찬가지야

어머나, 어떡해

얼굴 한 조각 잘려 나갔어

눈 부릅뜨고 어디 갔니? 내 코, 입

블루베리, 생일 축하 노래, 초는 몇 개였지?

모르는 게 너무 많은 것은 케이크가 달콤하기 때문이다

호루라기

어떤 이들은 멈추거나 돌아보고
이어폰은 그냥 지나갔다

어떤 풍경에 이끌려 절벽 위에 서 있을 때

발 앞을 잊고 '어떤'에 몰두할 때

그는 필요하다
무서운 기분 앞에서 새치기하듯
끼어드는 소리

앞으로 나아가는 한쪽 발을 멈추게 하는
이름이 아닌 소리

좋은 날 운이 좋은 아이는
풍선을 들고 날아가기도 하니까

기다리다 더는 참을 수 없을 때
희미해진다는 것 풍선도 엄마도 눈앞까지도

놀란 눈으로 뒤돌아보는 아이에게
틀림없이 운명이 말했을 것이다
삐--익!
운이 좋았구나

정말 그게 전부는 아닐 것이다

휴일

어제 파라솔이 활짝 피었고
오늘은 파란색이 전부 시들어버렸다

어른들은 맑은 날을 약속하고
아이들은 내일을 앓는다
비를 맞으며
비의 간지럼을 참지 못해 웃을 뿐
여름의 빨강머리는
게으른 생각들을 즐겁게 들킨다
접을까 말까
어린 자매는 나란히 우산을 쓰고 걷는다
맛동산에 뿌려진 깨알이 고소해서 깔깔깔
어디선가 모르는 음악이
들려온다 즐긴다는 말은
계속 틀려도 괜찮다는 거

여름의 게이름은 파라솔
파라솔은 젖은 망토 입은 유령의 사촌들

파라솔이 흔들린다
비가 뚝 뚝 휴일을 끊으며 온다

정원을 주목하다

정원이 폭등을 일으킨다
숫자를 헤아릴 수 없는
잎들을 앞세워 집을 포위한다

안과 바깥을 구분하기 싫어
유리창은 나날이 게을러지고
더는 투명하지 않은
창문에
당신 손바닥만 한 초록빛 얼룩이 보인다

집배원이 뒷문으로 아홉 번 다녀간 뒤,
여름이 꾸물거리며 따라 나갔다

말을 바꾸며 변명하던
잎들이 누렇게 변한다
이른 아침 정원을 돌보러 당신이 온다
맨발로 나와 보라고 소리를 지르며

정원 한가운데 구멍을 파고 나를 심는다

발바닥에서 뿌리가 돋자
입에서 아름다운 노래가 흘러나온다
의자에 기대 정원을 뜨개질하던
이웃집 할머니는 자기와
목소리를 바꾸자는데

지나가던 사람들이 노래를 듣기 위해
정원으로 몰려온다

내 몸에 붙은 찬란한 잎들이 입을 크게 벌려
윤기 있는 혀로
나를 칭찬하기 시작한다

할머니가 뜨개질한 정원을 풀고 있다

미더덕

한 무더기 수류탄

끓는 매운탕 속으로 던집니다
불발이지만

아직 방심하지 마세요
선불리 혓바닥에 떨어지면
치명적인 무기

삶은 그렇게
방심한 당신의 껍질을 한 꺼풀씩 벗기려 들겠죠

찜찜한 기억은 터뜨려야 합니다
매운탕보다 더 매운
만성 두통의 입에 수류탄을 물립니다
신호에 맞춰 함께 자폭합시다

당신의 한 끼를 위해
안전핀을 당길 시간

앗, 뜨거워
소리 지른 게
입천장인가요 두통이었나요?

대설

마지막 손님으로, 열차를 타고
우리는 도착했다
은쟁반을 들고
커다란 엉덩이를 흔드는 여자가
빠른 걸음으로 입구를 막는다

잡혔다는 말은 점점 어두워지는 날씨 같아서
분위기를 망칠 것 같았지만
결혼기념일은 웃는 거래

여기 없는 사람들에게
문자로 전하는 인사
이 도시가 사라지기 전에

다시 고양이를 키울지 벤자민을 키울지
고민에 빠진 이곳으로 천사를 보내달라고
마지막 전송 버튼을 누른다

까만 눈동자

가지런한 하얀 이를 드러낸,
사흘째 호피 무늬 옷을 입고 털을 날리는
놀라워라
천사는 흑인이었구나

누군가 스위치를 내렸나 봐
캄캄한 실내에서
반짝이는 하얀 눈뭉치들은
반짝이는 동그란 전구처럼 보인다

오는 눈
감은 눈
한꺼번에 몰아서 오는
차가운 눈 폭탄이 터진다

다른 세계를 발견하고 눈부신
바나나는 하얀 바나나를 몰라볼 것이다

저녁과 나란히

깨진 거울을 치우고 있었다

가만히 있으라고 호통을 치는
저녁을 웃겨주려고
블루베리 한 주먹 입에 넣고 울었다
파란 혀를 줄까
검은 혀를 줄까

저녁은 나에게
참새 한 봉지
츄파춥스 한 타
음악 두 마리, 그리고

날개 없는 초콜릿을 내밀었을까 아닐까

하마터면 나는 맨발로 깨진 거울을 밟고
저녁의 가슴에 안길 뻔했다

나는 죽입니다

반으로 잘랐다
입을 크게 벌리고 노래하는 호박을

나도 모르게 손뼉을 치며 응원한다

소유했지만 지켜줄 수 없어
처음처럼 입을 다물고 싶은 죽음 앞에서
호박은 질문을 버렸지

나는 지구에서 한 명뿐인 호박 중독자, 처음에 둥근 호박을 사랑했고
오후의 호박을 꿈꿨으나 불행한 호박이 되어 있었다

뜨거운 호박죽 한 그릇으로
여기에 있다

고요

호숫가에서 미끄러져 한쪽 발을 빠트렸다

발꿈치가 없는 여우처럼
쥐죽은 듯한 고요를 입에 문
길고양이처럼

나무에 질린 지루한 목수는
집을 짓는 엄청난 고요에서 빠져나가기 위해
ㅗ, ㅛ, 지지대를 뺀다

호수를 맴돌다 뒤돌아보면

허공에 떠 있는 연장

고요는
망치와 목장갑으로 이루어진 것

하얀 운동화 한 짝 떠다닌다

우리는 고요에 찔린 뒤 달아나기 위해 늙는다

다시, 미량

돌을 던진다 하나, 둘, 셋, 던진 돌에 번진 파문들이 돌에 되돌아오다 파문을 만나 서로를 건넌다 나는 당신이 어디서 나와 마주쳤는지 어디서 나를 건넜는지 알지 못한다 돌의 부피만큼 불어난 호수의 물은 어디로 갔을까 기슭에 오래 앉아 있었고 어둠이 내렸다 호수와 내가, 어둠과 내가, 당신과 내가 없다 해도 아침이 올 것이다 호수와 무관한 내 눈이 조금 넘쳤던 것 같았다 돌은 내 가슴에 떨어졌을까

해설

불안이라는 질서를 넘어 혁명으로

최은묵

시인

원(圓)은 한 점으로부터 일정한 거리에 있는 점의 집합이다. 여기서 일정한 거리란 어떤 질서를 말한다. 질서란 무엇일까? 하루가, 계절이, 다시 한 해가 패턴을 이뤄 반복되는 동안 삶으로 통칭되는 모든 서사는 분열보다는 극렬한 응집으로 형태를 유지하려고 한다. 그러므로 삶에서 질서란 지속성의 몸짓이며, 이때 파생하는 관념은 (긍정과 부정을 구분할 필요 없이) 에고(ego)를 형성하는 중요한 요소가 된다.

그렇다면 질서는 유지되어야 하는가 아니면 파괴되어야 하는가? 이런 물음을 시에 적용했을 때 우리는 어떻게 답해야 할까?

큰 테두리에서 보면, 시는 에고를 형상화하는 과정에서 만난 흔적일 것이다. 우리가 한 권의 시집을 읽는다는 건

한 명의 시인이 지닌 자아와 부분적으로 조우하는 일이며, 더불어 그 시인이 지닌 독특한 질서를 경험하는 일일 것이다. 하지만 독자가 느끼는 시인의 질서와 시인이 작품으로 이룬 질서가 동일한 것은 아니다. 독자는 체험적으로 시집을 통해 시인의 어떤 패턴을 찾으려 하지만 시인은 자신의 시 세계가 지닌 질서를 끊임없이 분열시키려는 본능을 지니고 있기 때문이다.

불안은 여기쯤의 본능에서 슬금슬금 기어 나온다. 시인은 이때 생기는 미세한 진동을 온몸으로 감지한다. '나'를 중심으로 펼쳐진 세계의 떨림을 몸으로 읽는 동안 어떤 진동은 나타났다가 금세 사라지고 또 어떤 진동은 커다란 흔들림으로 깊이 각인된다. 이런 불안의 순간 혹은 과정을 시라고 가정한다면, 김미량의 첫 시집 『신의 무릎에 앉은 기억이 있다』는 원의 질서보다는 패턴 없는 원주율 값에 가깝다고 볼 수 있다. 그러니 이 시집을 3.141592653……으로 이어지는 소수점의 세계로 보는 건 어떨까. 이제 우리는 시인이 수많은 점으로 만들어놓은 원의 안쪽과 바깥쪽의 경계에 멈춰 "껍질을 벗겨야 읽을 수 있"는 "궁금한 이야기"(「귤의 시간」)가 어떤 불안과 떨림을 담고 있는지 느껴보기로 하자.

어떤 맛일까, 미량은

궁금해요 내 혀는 몸 어디에도 닿지 않으니
꽃밭에 누워 하품하는 나를 맛볼 수 없죠

설렘은 커다란 귀를 쫑긋 세우고
인기척에 놀란 벌떼와는 좀 다른 거겠죠

벌 같은 걸까요
내 몸엔 독성 미량이 함유되었으므로 조심하세요
주의사항은 늘 늦게 읽히죠

미량이어서
이마만 동그랗게 부풀었습니다
미량 보존의 법칙은 이마에도 유효합니까
입술이 누굴 환영하는 것을 본 적이 없어요
방금 누가 내 이름을 불렀습니까
미안, 트림이 나왔어요

하이, 박사님
머릿속이 흐린 날이 너무 많아요
극미량이라면서요
열 숟가락쯤 상상을 추가하면
여우처럼 보일까요

한 숟가락의 상상으로
얼마나 많은 늑대를 길렀는지는 말하지 않은

실험실에서의 하루

미량스럽다,는 말은 그쯤일 거라 생각했다
—「미량」 전문

『신의 무릎에 앉은 기억이 있다』가 「미량」으로 열고, 「다시, 미량」으로 닫는 부분은 눈여겨볼 지점이다. "미량"은 의미적으로는 아주 적은 분량을 뜻하면서 동시에 시인의 이름이지만, 형식적으로는 이 시집 전체를 관통하는 중심이다. 다시 말해 이 시집은 '미량'에서 '다시, 미량'까지의 여정이며, '김미량'이 담고자 했던(혹은 담아야만 했던) 오랜 시간의 '김미량'인 셈이다.

"미량"은 사전적 의미와 시인의 이름이라는 두 값이 등치를 이룬다. "어떤 맛일까, 미량은"이라는 질문은 의식과 무의식이 공존하는 순간 발화한 언술이며, 아울러 주관적인 자아와 객관적인 자아의 간극에서 제시하는 물음이기도 하다. 시적 물음에 "상상"은 필연이다. 김미량은 상상의 영역을 화자와 독자에게 함께 제시한다. 이러한 상상의 과정에서 우리는 미량이 어떤 맛일지 서서히 알아갈 것이다.

그렇다면 "미량스럽다"는 무엇일까? 어느 계절 안쪽에 멈춰 있는 기억일까? 아니면 "머릿속이 흐린 날"의 표정일까? "늘 늦게 읽히"는 "주의사항"처럼 우리는 이 시집 곳곳에 스며있는 "독성"이 "어떤 맛일"지 미리 상상해도 상관없을 것이다. "주의사항"을 모른 채 몸으로 맞닥뜨리는 시도야말로 "미량스럽다"라는 의미를 날것 그대로 느낄 수 있을 테니까 말이다.

작은 몸 낮게
오랜 시간
웅크린 아이

손발은 고요한데
파르르 떨리는 시간이 귀를 연다

가쁘게 몸의 숨 열리듯
조금씩 붉게 터져 나오는 울음

십삼 년을 준비해온 속엣말

더는 눌러둘 수 없어
몸에서 솟구치는 몸의 혁명이 시작된다
—「초경」 전문

일상의 언저리에서 맞닥뜨린 심리적 불안은 내면에 침

잠하기 마련이다. 겉으로는 평온해 보이더라도 안에서는 멈추지 않는 떨림의 연속이다. 시는 이런 안과 밖의 충돌 지점에서 수없이 발생한다. 울지 않고 우는 법, 웃지 않고 웃는 법을 알고 있더라도 "울면 들키는" "멍"처럼 "우리 사이를 한 장씩 떼어내며 밖으로 나온 말"(「오래 손잡아 주었네」)을 김미량의 시라고 다시 정의한다면, 「초경」은 오랜 시간 고민했던 시인의 속내이며 이 시집이 세상에 나오기까지의 비유적 고백인 셈이다.

표면상으로 「초경」은 "아이"의 몸에서 발생한 성징이다. 하지만 내밀히 들여다보면 이 시에는 김미량 시인이 첫 시집을 내기까지의 고뇌가 담겨있다. "십삼 년을 준비해온 속엣말"을 "더는 눌러둘 수 없어" 마침내 세상에 드러낸 시집. 김미량은 이것을 단호히 "혁명"이라 칭한다. 혁명은 이전을 깨트리는 일이다. 그가 오랜 시간 눌러둔 불안의 원인이 무엇인지 명확히 알 수는 없지만, 시편 곳곳에 "멍"처럼 남은 "겨울"을 통해 이전의 일렁임이 어떠했는지 그리고 지금은 어떻게 일렁이는지 얼마간 어림해보기로 한다.

당신은 겨울에 떠난 사람
당신의 무덤은 당신 것
내게 떠민 미처 지우지 못한 기억까지도

살아서 지켜야 하는 나도
엎드려 울고 있는 무덤이다
—「꿈이 흐려서」 부분

시집 『신의 무릎에 앉은 기억이 있다』에 자주 등장하는 계절은 "겨울"이다. 김미량에게 겨울은 내면에 오래 눌러놓은 계절이다. 그리고 "겨울"에 따라붙는 "당신"은 이 시집을 지탱하는 하나의 축이다. "당신"은 사람일 수도 있고, 가치일 수도 있고, 이데아일 수도 있다. 그러나 그것이 무엇이든 현재의 "당신"은 실체이면서 실체가 아닌 존재다. "까치발로도 훔쳐볼 수 없는/ 담장 너머"(「너머에는」)는 벽으로 분리된 영역이다. 형체는 사라지고 가치만 남은 이것을 "지우지 못한 기억"이라고 한다면, "담장"을 사이에 두고 '나'와 '당신'은 다른 계절에 존재한다는 걸 알 수 있다.

삶은 숱하게 어떤 '사이'에서 갈등하고 방황한다. 안과 밖, 이쪽과 저쪽, 여름과 겨울, 소멸과 존재 같은 것들은 언제나 함께 존재하는 세계다. 나뉘었지만 공존하는 세계의 '사이'에서 발현하는 감정을 어떻게 비유와 상징으로 이끌 것인가는 시인에 따라 다르겠지만, 우리는 「꿈이 흐려서」에서 "당신"과 "나"처럼 어떤 현상에 의해 분리될 수

밖에 없는 '사이'에 집중할 필요가 있다.

「초경」에서 살펴보았듯이, 김미량의 '사이'에는 "작은 몸 낮게/ 오랜 시간/ 웅크린"채로 간직했던 "울음"처럼 애써 거부하지 않는 감정이 있다. 눈물은 멈춤이 아니라 흐름이다. 흐름은 방향성을 지닌다. 이것은 김미량의 시가 유기적 생물이라는 반증이며. "어떤 맛일까, 미량은"(「미량」)이라는 화두가 어디로 향할지 '사이'를 유심히 지켜보게 만드는 고리이다.

정말입니까

손끝에서 나오는 빛으로
붉은 비를 만들 운명이라고요
내가?

[……]

손끝에서 나오는 게 꽃이라니까
핏빛이든 흰빛이든 써볼래요
—「스님, 책임져요」 부분

갈등과 불안이 좌절과 절망만으로 향하는 건 아니다.

양극성은 상호 의존적인 관계로 작동한다. 기울어진 마음을 돌려 바라보면 용기와 희망이 있다. 시는 이런 움직임을 놓치지 않는다.

"손끝"은 시인이 마음 깊이 눌러놓은 자아가 표출되는 지점이다. 김미량의 시는 "빛"과 "꽃"으로 치환되는 세계로 그 방향을 둔다. 물론 이것은 지금의 언어가 아니라 이후의 언어가 구축할 세계일 것이다. 지금 당장은 김미량의 시를 극대화된 불안을 지나가는 서사로 읽어도 무방하다. '나'는 여전히 "겨울"에서 멈칫거리고, "울음과 웃음 사이"를 오가고, "있다와 없다 사이"에서 방황한다. 시인은 깨진 거울처럼 파편화된 표정으로 무슨 말을 꺼내고 싶었던 것일까? 어쩌면 시인은 "당신이란 이름을 빠져나가려고/ 온몸이 흔들리는 몸살"(「너라는 두통」) 같은 소리를 내어야만 했을 것이다. "지나온 안과 지나갈 바깥"(「우리는 스파게티를 먹었다」)의 경계에서 온몸으로 쏟아내는 언어는 결국 "핏빛이든 흰빛이든" 선명한 방향을 지니게 되지 않을까.

하지만, 겨울은 "눈 쌓이기 전에 남쪽으로 도망"(「도망가자는 말을 들었다」)간다고 피할 수 있는 계절이 아니다. 불안도 마찬가지다. "품 안에 바람을 들이면/ 시끄러운 세상은 더 시끄럽게"(「마침내 낯선 계절이」) 부풀기 마련이다. 시인은 품 안에서 부푼 시끄러운 소리를 뿌리치거나 외면하지 않고 몸으로 녹여내야만 하는 자리다. 겨울이 녹은 곳부터 봄이 시작되듯이 가슴으로 갈등을 녹일 때 시가 싹트기 때문이다.

번개가 친다는 것은
열리지 않는 대문을 술김에 걷어차는 신호 같은 거
제발 도망가라는 제안 같은 거

죽은 사람에게
보름치의 심장을 줄 수 있다면
우리는 번개 속에서라도 만나야 할 사람들

똑똑, 문 좀 열어봐요

비는 우산 든 사람들을
어디로 데려가려고 개울을 부풀렸을까
—「비를 의심하는 사람은 우산을 들고」 부분

이상하다. 김미량의 시는 흑백이 아닌데 흑백에 가까운 목소리를 낸다. 아마도 이런 까닭은 시인의 언어가 어둠과 겨울과 죽음에 가깝기 때문일 것이다. 쥐고 있지만 쥘 수 없는, 쥘 수 없지만 쥐고 있는, 있지만 없는, 없지만 분명히 있는 '그것'을 설명한다는 건 쉬운 일이 아니다. '그

것'은 무수히 많은 '사이'에 존재한다. '사이'란 겹침의 영역이다. "번개"는 거기에서 발생한다. 이런 '사이'에 꾹꾹 눌러놓은 소리는 결코 혼자의 것이 아니다. '나'와 '당신'의 관계처럼 자신의 색을 지우고 서로의 색에 동화되는 동안 불필요한 소리는 사라지고 흑백에 가까운 본질의 목소리가 남는다. 그러므로 김미량의 목소리는 김미량의 것임에도 불구하고 "당신의 겨울"에 담긴 목소리를 공유한다. 이런 소리는 "죽은 사람에게/ 보름치의 심장을" 망설임 없이 내줄 수 있는 사람들의 언어일 테니까 말이다.

불안이 불안에서 끝난다면 얼마나 서러운가. "나는, 한 번은 날기가 가능한 사람입니다"(「새를 묻고 꽃을 꺾었습니다」)라는 시인의 고백은 희망에 가까운 걸까? 아니면 절망에 가까운 걸까? 이런 진술이 시린 까닭은 "한 번은"이라는 한정된 값이 뱉어내는 서늘함 때문일 것이다. 어쩌면 시인의 여정이란 김미량의 말처럼 "후둑후둑, 우산 아래서 어울리지 않는 소리끼리 어울리지 않는 내기"이며, "자박자박, 지루한 이야기는 몰아서, 이야기가 떨어지면 지는 게임"(「가을장마」)을 하는 동안 내내 서늘한 걸음일지도 모른다.

미친 듯 웃으며 거울을 깨면
수천의 웃는 내가 될 테니

얼룩 치마를 즐겨 입고
달려가 볼까 앞에 가는
거북아 거북아 웃지 않으면 너를 구워 먹겠다

[……]

감히
쓸데없어진
눈물샘엔 금붕어나 기르고 말이야
—「돌아온 세계」 부분

김미량은 「돌아온 세계」에서 "담장 너머"의 세상을 제시한다. "거울은 겨울의 얼굴/ 거울을 깨트려야 봄이 올"(「동화에 살고 있다」) 거라는 기대는 "겨울"을 보내는 '사이'에 있다. 그렇더라도 모든 "겨울"로부터 완전히 자유로워진 건 아니다. "미친 듯 웃으며 거울을 깨면" 내가 수천의 웃는 얼굴이 될 거라는 상상은 반어적 희망이다. 외면으로 제시한 "금붕어"가 내면의 "눈물"을 대신할 수는 없다. 그렇더라도 "담장 너머"로 달려가려는 시도는 통증을 지니고서라도 새로운 언어를 찾고자 하는 시인의 단호한 몸짓이라고 볼 수 있다. "멍"은 커질수록 흐려진다. 그리고 흐려지는 시간 동안 사유가 발생한다. 그러므로 "일주일 지난 귤"(「귤의 시간」)이 달다는 사실을 경험하였으니 "겨울"이라는 패턴에 가두었던 에고를 '너머'의 세계로 풀어내는 방법을 이미 알고 있지 않을까.

경계가 사라진 세계에서는 "열린 음악회인데 창문을 다 닫고"(「일요일의 카디건」) 보아도 상관없고, "약사는 두 시에 잠들어 여기에 없(「하늘 아래 풍경」)어도 상관없다. 이제 더 이상 원 안의 '미량'과 원 밖의 '미량'을 구분 지을 필요가 없다. "비의 날개를 맨 처음 목격한 사람을 위해 정류장에 놓인 의자가"(「칠월 칠석」) 시인으로서 김미량의 역할이라는 것이 자명하기 때문이다.

그러므로 시인이 언급한 '너머'는 이제부터 협의의 시각이 아니라 광의로 풀어야 함이 마땅하다. 「모래집에 사는 사내」, 「에너자이저」, 「목련이 졌습니다」 등의 시편에서 볼 수 있듯이 김미량은 '나'로부터 벗어나 '타자'로 향하는 시선으로 '너머'의 방향을 찾고자 한다.

무너진 집들을 지나 스무 계단을 더 오르면
집 나간 여자의 웃음소리가
웃풍으로 여전히 들리는
모래집 한 채
—「모래집에 사는 사내」 부분

대기 중인 잠수부를 불러줘요
물속의 아이들을 꺼내야 합니다

물살은 검고 목련 나무 아래처럼 흐리고
나는 움직일 수 없습니다
—「목련이 졌습니다」 부분

젖은 머릿수건 깔고 앉은 늙은 여자들
곰보빵 한 입
마른 목구멍 속으로 밀어 넣는다
공사판에서 이골이 난 여자들
고층까지 퍼 나른 벽돌을 보다가 먼 데 뜬구름을 보다가 한다

잡히지 않는 것들의 무게만으로
바닥에 지지대를 꽂아도 흔들리는 생
—「에너자이저」 부분

달동네에 살면서 설비일을 하는 사내와, 바다로 흘러간 봄의 아이들과, 아파트 공사장에서 막일을 하는 늙은 여자들의 모습은 특별한 누군가가 아니라 삶의 주변에서 보고 듣고 부딪치는 사람들이다. 작업복에 먼지를 뒤집어쓰며 하루를 살아가는 노동자의 표정에서도, 죽음을 맞닥

뜨린 아이들의 눈동자에서도 '나'와 똑같이 절망과 희망이 공존한다. '나'에게서 한정된 감정을 '타자'에게서 느끼는 순간 세계는 확장된다. 김미량의 이런 시도는 타당하다. 선이 지워진 원은 그 자체로 무한의 세계가 된다. 그러니 이제 무한의 세계를 무엇으로 채울 것인가? 이런 물음은 모든 시인에게 유효하다.

시는 나를 뛰어넘어 나를 고백하는 일이다. 뛰어넘을 수 없을 때까지를 시인의 수명으로 본다면 경계가 사라진 원에서 안쪽을 향했던 시선을 바깥으로 두는 것은 당연한 순서다. 낮고 그늘지고 부서지고 축축한 곳에서 공유할 수 있는 체온을 더듬는 동안 이전의 겨울은 새로운 겨울로 덮이고, "사랑이라곤 하나도 없이 하는 말"(「정말 개뿐이었을까」)이 아니라 "똥꼬야"처럼 "신비로운 어감은 아닌데/ 꼬였던 일도 술술 풀릴 것 같은 말"(「우리의 그곳이 웃기거나 쑥스러워도」)을 넉넉히 만나게 되지 않을까.

여름에 도착한 사람 이야기입니다

뜨거운 세계

숨을 곳이 필요한

따가운 시선을 피해

건축 설계에 없는 그늘을 준비하는 동안

빠르게 부풀려 완성한 집

소문처럼 비웃는 집

얼음처럼 서늘한 말

그늘을 빌려 쓴 이해할 수 없는 사람 이야깁니다

그이가 창문을 깨고 나가면

소독이 필요한 집

걸어가는 눈물과 떨어지는 빗물뿐인

나를

견디는 당신의 이야깁니다
—「물집」 전문

김미량 시집 『신의 무릎에 앉은 기억이 있다』를 한 문장으로 정의하면, "그늘을 빌려 쓴 이해할 수 없는 사람의 이야기"라고 해도 무리가 없을 것이다. 시집 전체를 어우르는 "당신"은 뿌리가 깊어 소멸되지 않겠지만 분명한 건 '겨울'이 지나 '봄'이 오면 새로운 잎이 돋는다는 사실이다. '봄'은 "먼 사람은 더 멀어지는 계절"(「우리는 스파게티를 먹었다」)이다. 같은 자리에 피지만 그 잎은 분명 다른 가치다. 기존의 것을 토대로 새잎을 틔우는 동안 시인은 패턴이 아닌 자신만의 질서를 만들게 될 것이다. 결국 시인에게 새로운 질서란 무너진 질서 위에 쌓는 한 겹의 자아를 뜻한다.

「물집」은 "그늘을 훔치는 사람들로 뒤엉킨/ 여름의 기분을 생각하며"(「너라는 두통」) 읽기로 하자. 김미량에게 "여름"이란 "겨울"의 질서를 파괴한 결과일지도 모른다. "여름"은 불안에서 벗어남이 아니라 불안에 익숙해졌다는 증거인 셈이다. 그래서일까? "즐긴다는 말은/ 계속 틀려도 괜찮다는 거"(「휴일」)라는 시인의 고백은 한결 넉넉하다.

앞에서도 언급했지만, 이 시집은 「미량」으로 열리고 「다시, 미량」으로 닫힌다. 그러니 우리는 시집을 읽는 내내 김미량의 의도된 속내를 뿌리칠 수가 없다.

돌을 던진다 하나, 둘, 셋, 던진 돌에 번진 파문들이 돌에 되돌아오다 파문을 만나 서로를 건넌다 나는 당신이 어디서 나와 마주쳤는지 어디서 나를 건넜는지 알지 못한다 돌의 부피만큼 불어난 호수의 물은 어디로 갔을까 기슭에 오래 앉아 있었고 어둠이 내렸다 호수와 내가, 어둠과 내가, 당신과 내가 없다 해도 아침이 올 것이다 호수와 무관한 내 눈이 조금 넘쳤던 것 같았다 돌은 내 가슴에 떨어졌을까

—「다시, 미량」 전문

「미량」과 「다시, 미량」은 분명 시공간적 차이가 존재한다. 여기서 오래 눈여겨볼 부분은 '다시'이다. 시인이 말하고자 했던 '다시'는 '되풀이'의 의미일까? 아니면 '새로이'의 의미일까? 그도 아니면 '계속하여'의 의미일까?

"돌"은 "파문"의 원인이다. 파문은 또 다른 파문을 만나 겹치고 서로를 건넌다. 「다시, 미량」은 "나를 견디는 당신의 이야기"(「물집」)를 '당신을 견디는 나의 이야기'로 변주하려는 모습에 가깝다. '건넘'은 '너머'의 세계로 가기 위한 구체적인 방법이다. 그렇다면 '다시'의 의미는 '새로이'에 더 비중을 두어야 할 것이다.

김미량은 자신의 모습을 담은 "거울"을 깨트리기에 이르렀다. "봄"을 향한 몸부림은 패턴화된 "당신"을 넘어서는 불가불의 과정이다. "반짝이는 사람들"과 "덜 반짝이는 사람들"(「비를 의심하는 사람은 우산을 들고」)을 분별할 줄 아는 눈을 가진 시인이라면 이제 "속으로만 외우는

주문"(「던지고 받기」) 대신 「초경」에서 말했듯이, "솟구치는 몸의 혁명"을 시작해도 좋을 것이다.

시는 파괴된 질서가 아니라 질서의 파괴에 가깝다고 할 수 있다. 패턴은 질서다. 이제 시를 품고 사는 우리는 누적되고 굳어버린 패턴을 어떻게 깨트릴지 고민해야 한다. "호수와 내가, 어둠과 내가, 당신과 내가 없다 해도 아침"은 온다. 그 새로운 아침을 맞이하기 위한 "혁명"이라면 "내 가슴에" "돌"을 던지는 걸 두려워하지 말아야 할 것이다. 시인에게 불안은 결코 불온이 아니다. "신의 부탁으로/ 사람들에게 꽃을 알리러 세상에 왔다"(「신의 무릎에 앉은 기억이 있다」)면, "꽃"이 절망이든 희망이든 또는 메시지든 문학이든, 시인은 도망치지 말고 "알람이 울리지 않아도 먼저 웃는 아침"(「드라이빗처럼」)을 펼칠 준비를 해야 한다.

우리는 시집 『신의 무릎에 앉은 기억이 있다』 이후에 김미량의 손끝에서 나오는 꽃이 어떤 색깔을 지닐지, 어떤 소리를 낼지, "미량스럽다"라는 말이 어떤 상징을 지닌 이미지로 확장될지 유심히 지켜보기로 하자. "이야기가 끝나면 지는 게임"(「가을장마」)은 지금부터 시작일 뿐이다.

끝

달아실시선 71

신의 무릎에 앉은 기억이 있다

1판 1쇄 발행 2023년 10월 10일
1판 2쇄 발행 2024년 2월 14일

지은이 김미량
발행인 윤미소
발행처 (주)달아실출판사

책임편집 박제영
디자인 전부다
법률자문 김용진, 이종진
기획위원 박종대, 이홍섭, 전윤호

주소 강원도 춘천시 춘천로 257, 2층
전화 033-241-7661
팩스 033-241-7662
이메일 dalasilmoongo@naver.com
출판등록 2016년 12월 30일 제494호

ISBN 979-11-91668-90-2 03810